"Be kind, for everyone you meet
is fighting a hard battle."

Ian Maclaren

NI'N DAU

CERI ELEN

Argraffiad cyntaf: 2014
© Hawlfraint Ceri Elen a'r Lolfa Cyf., 2014

Cynllun y clawr: Rhys Aneurin

Rhif Llyfr Rhyngwladol: 978 1 84771 842 6

Comisiynwyd Cyfres Copa gyda chymorth ariannol
Adran AdAS Llywodraeth Cymru

Cyhoeddwyd ac argraffwyd yng Nghymru
ar bapur o goedwigoedd cynaladwy gan
Y Lolfa Cyf., Talybont, Ceredigion SY24 5HE
e-bost ylolfa@ylolfa.com
gwefan www.ylolfa.com
ffôn 01970 832 304
ffacs 01970 832 782

PROLOG

Dau ddieithryn. Dyna i gyd.

RHAN 1

PENNOD 1

HAWYS

Mae hi'n fore bach. Does dim y gall y llenni ei wneud i stopio golau'r dydd rhag treiddio i mewn. Mae'r düwch yn newid yn araf bach i wynder sy'n fy nallu i. Golau sy'n llosgi fy llygaid, a minnau eisiau cysgu.

Efallai i mi gael rhyw awr fach o gwsg neithiwr.

Efallai.

Mae'r nos yn hir pan mae rhywun yn methu cysgu. Pan mae rhywun wedi methu cysgu ers misoedd, mae rhywun wedi ymlâdd. Pan mae rhywun wedi ymlâdd, mae gwybod beth sy'n wir a beth sydd ddim yn wir, mae cofio pethau a deall pethau'n anodd. Mae popeth yn ddirgel.

Mae heddiw hefyd yn ddirgel. Mae'n eistedd

o fy mlaen, wedi plethu ei freichiau a chlais ar ei wyneb. Does arna i ddim eisiau wynebu 'heddiw'. Dim o gwbwl. Un ar bymtheg oed ydw i, ac efallai na ddyliwn i fod yn teimlo fel hyn; ond rydw i *yn* teimlo fel hyn. Rydw i am ddiflannu. Tynnu'r cwrlid mor dynn amdana i nes 'mod i'n diflannu i ganol y plu, yn troi'n bluen fy hun ac yn cael fy chwythu ymhell bell i ffwrdd. Teimlo'r awel yn fy nghario i o'r fan hyn i rywle tawel, cynnes. Fe hoffwn i orwedd yno. Mewn llonyddwch. Dim ond fi.

BEN

Rydw i'n deffro'n araf bach. Mae golau'r dydd yn hidlo drwy'r gwydryn sydd wrth ochr fy ngwely, ac yn creu enfys ar y nenfwd. Mae'n hardd. Edrychaf i lawr, a gweld traed fy mrawd bach yn gwthio allan o'r cwrlid ar lawr.

Mae gan fy mrawd bach, Arwel, ei lofft ei hun, ond mae arno ofn y nos. Felly, yn ddiffael, wedi i Mam fynd i'w gwely, mae Arwel yn cripian yn dawel bach i fy llofft i ac yn gwneud gwely bach iddo'i hun ar y llawr.

Mae Mam yn gwybod yn iawn ond mae hi'n gobeithio y bydd Arwel yn tyfu allan o hyn ar ei ben ei hun. Dim ffys. Popeth yn iawn.

Erbyn hyn, mae pen melyn pum mlwydd oed Arwel yn drwm ar y gobennydd, a'i anadlu tawel yn gyson. Yn heddychlon. Gwenaf.

Dyma fy hoff adeg o'r diwrnod. Y deng munud hwnnw cyn i sŵn y tŷ ddechrau. Cyn i bopeth symud, cyn i olau'r haul fynd yn ddim byd ym meddyliau pobol. Mae'r deng munud yma yn fy nghynhesu. A dydw i'n meddwl am ddim, dim ond gorwedd.

*

HAWYS

Mae'r croen ar flaenau fy mysedd yn pilio i ffwrdd. Rydw i'n pigo'r croen sych.

"Paid â pigo!"

Daw Mam ataf a symud fy llaw yn dyner.

"Ti'm isho'i bigo cyn wsos nesa."

Does arna i ddim eisiau gwybod am wythnos nesa. Edrychaf ar Mam, a gwenu.

Mae llais y dyn ar Radio 4 yn dywyll ac yn

ddwfn. Mae'n siarad am Affganistan. Dydw i ddim eisiau gwybod am Affganistan.

Sŵn traed ac arogl yr *aftershave* rydw i'n ei hoffi, a llais Dad yn llenwi'r gegin. Llais meddal, hyfryd.

"Bore da."

Mae ei lygaid yn las, las, mae'n gwenu arna i ac yn rhoi sws ar fy nhalcen. Fe hoffwn afael amdano yn dynn, ond fe wn i petawn i'n gwneud hynny y byddwn i'n dechrau crio.

Rydw i'n chwarae hefo'r bwyd sydd o 'mlaen. Mae'r Golden Grahams fel cadachau gwlyb yn arnofio ar lyn o laeth mwdlyd.

Mae llygaid Mam yn fy archwilio eto. Mae hi'n poeni amdana i. Mae arni eisiau gofyn be sy'n bod ond dydi hi ddim yn gwneud hynny, gan ein bod ni wedi cael y sgwrs honno droeon. Fy ateb innau bob tro ydi 'dim byd'.

Dim byd. Dim byd. Dim byd.

Rydw i'n edrych ar y cloc ac yn sefyll.

"Ond Hawys, ti ddim 'di byta dy frecwast."

Does gen i ddim ateb, dim ond gwên. Mae'r wên honno'n dal fy wyneb i at ei gilydd.

Rydw i'n gwisgo fy nghot, yn codi fy mag ac yn gafael yn y *cello*.

"Dyma ti."

Mae Mam wedi gwneud coffi llaethog i mi mewn cwpan blastig, a chaead arno. Rydw i eisiau gafael yn dynn yn Mam ond fe wn i petawn i'n gwneud hynny y byddwn i'n dechrau crio.

"Diolch," meddaf, a rhoi sws cyflym iddi ar ei boch.

"Ta-ra, Dad!" gwaeddaf dros fy ysgwydd.

Ac rydw i'n cau'r drws y tu ôl i mi.

BEN

Mae llaw fy mrawd bach yn gynnes yn fy un i. Neidia i fyny ac i lawr, i fyny ac i lawr, a'r daith i'r ysgol yn gêm.

Yn sydyn, mae'n stopio ac mae ei lygaid yn goleuo. O'i flaen, mae twmpath o goch, aur, melyn a brown. Mae Arwel yn gollwng fy llaw ac yn rhedeg yn gyflym, gyflym nes chwalu'r dail yn gawod drosto i gyd, ac mae'n chwerthin.

Edrycha arna i a'i lygaid yn hapus braf.

Rydw i'n gafael ynddo, ei godi yn fy mreichiau a'i droi a'i droi a'i droi ac yntau'n sgrechian chwerthin.

"Ti isho dewis un i ddangos i Miss Hughes?" gofynnaf wrth i mi ei roi yn ôl i sefyll ar y llawr.

Mae Arwel yn nodio ac yn disgyn i'w liniau i archwilio'r dail bob lliw. Mae'n dewis un goch, goch sy'n edrych fel siâp llaw.

Mae ei law arall erbyn hyn yn ôl yn fy llaw i, ac rydyn ni'n dechrau cerdded drachefn at yr ysgol fach.

Ar ochr arall y ffordd mae bysiau melyn fy ysgol i yn cyrraedd y gatiau. Celf fydd fy ngwers gyntaf. Mae'r pensiliau'n canu grwndi ym mhoced fy nhrywsus.

Yn sydyn, mae Arwel yn gollwng fy llaw ac mae'n rhedeg o 'mlaen i a thrwy gatiau'r ysgol fach...

"Deian!!"

Mae ei lais yn uchel, uchel a'r cyffro o gael dangos y ddeilen i'w ffrind gorau yn ormod.

Disgynna'n glewt ar fuarth yr ysgol. Mae'n edrych arna i o'r llawr, a dydi o ddim yn siŵr a ydi o am grio neu beidio.

Rydw i'n rhoi winc arno – yn gadarnhad iddo ei fod o'n iawn. Mae hynny'n ddigon. Daw Deian ato a chynnig ei law iddo. Mae Arwel yn codi gyda help ei gyfaill pum mlwydd oed. Edrycha'r ddau ar ei gilydd fel dau hen ddyn.

"Edrych!"

Mae'r ddeilen yn cael eu holl sylw, ac mae'r ddau'n rhedeg at Miss Hughes i'w dangos iddi. Mae hithau'n gwenu, cyn codi ei golygon tuag ata i a chodi ei llaw. Codaf fy llaw innau yn ôl.

Rydw i'n gwylio'r tri yn sgwrsio am eiliad.

"Ta-ra Arwel, wela i di heno."

Mae fy llygaid arno yn danboeth.

"Ta-ra Ben," medd yntau, heb gymaint ag edrych arna i. Mae'r ddeilen yn llawer pwysicach na fi – fel y dylai hi fod, ar yr eiliad hon.

Trof fy nghefn ar yr olygfa, ac estyn i boced fy nghot am smôc cyn cyrraedd yr ysgol.

Rydw i'n cynnau'r smôc, a dydw i'n meddwl am ddim, dim ond am pa mor braf ydi hi heddiw.

PENNOD 2

HAWYS

Mae'r awyr yn drwm fel cur pen. Mae'n rhaid i mi geisio dod dros hyn.

Rydw i'n teimlo mor isel. Mae'n rhaid bod rhywbeth y galla i ei wneud er mwyn teimlo'n well. Mae'n rhaid.

Mae fy meddwl yn llunio'r syniadau hyn yn y tawelwch rhwng pob enw gaiff ei alw ar y gofrestr. Mae'r gofrestr yn fy atgoffa bod pawb yn yr un sefyllfa yma. Pawb. Pa hawl sydd gen i, yn fwy nag unrhyw un arall, i deimlo'n isel? Dim.

Fy enw i yw'r olaf i gael ei alw ac ar hynny daw caniad y gloch, a sŵn sgrialu'r cadeiriau a lleisiau'r athrawon:

"Cerddwch, sdim isho rhedeg!"

Caeaf fy llygaid am eiliad i geisio cael gwared ar y trymder. Yna, rydw i'n eu hagor, a cherddaf drachefn. O 'mlaen, mae merch fach a chanddi wallt du yn disgyn i'r llawr yn bendramwnwgl. Merch fach o Flwyddyn 7. Estynnaf fy llaw i'w helpu. Mae hi'n edrych ar fy llaw a'r dagrau'n bygwth dod, ond rydw i'n gwenu arni, er bod arna i eisiau crio'n fwy na hi. Rydw i'n gwenu, ac yn ceisio cofio'r tro diwethaf i mi wenu go iawn ar rywun. Mae hithau'n codi.

"Diolch."

Ac rydw i'n teimlo'n well. Am eiliad. Wrth edrych arni'n cerdded i ffwrdd rydw i'n cofio darllen yn rhywle fod gwên yn dod cyn y teimlad o hapusrwydd. Mae gwên yn gwneud y corff yn hapusach. Ac rydw i'n gwenu. Yn dawel bach.

Ond ymhen eiliad, mae'r tawelwch wedi'i foddi gan sŵn lleisiau'r merched:

"Hawys! Ti 'di neud y gwaith cartref?" gofynna Kelly.

"*Stupid question*," medd Anna.

"Do," atebaf.

Mae'r gwaith cartref Maths yn cysgu'n dawel yn fy mag ysgol. Yng nghanol pwysau'r gwaith arall i gyd. Fel morfilod yn gorwedd ar lan y môr.

Mae'r ferch fach wedi diflannu erbyn hyn, a minnau'n cael fy ngwthio i'r ystafell fathemateg.

Daw Kelly i eistedd wrth fy ymyl. Mae ei gwallt melyn a'i hewinedd wedi'u trin yn berffaith. Mae hithau wedi gwneud ei gwaith cartref. Sut yn y byd cafodd hi'r amser i wneud ei gwallt, a'i hewinedd a'i gwaith cartref? Mae 'ngwallt i wedi'i glymu yn ôl, heb ei olchi ers deuddydd, a does gen i prin ddim ewinedd – oherwydd y *cello.*

"O'dd o'n ocê, doedd?" medd Kelly.

"Oedd," atebaf.

"Reit ta, pwy sy'n barod i rannu'i waith hefo ni?" hola Mrs Roberts.

"Fi, Miss!" ac mae Anna ar dân i ddangos ei bod hithau wedi gorffen ei gwaith cartref. Mae'r hen gystadleuaeth yn dechrau'n syth a'i llygaid yn fflachio tuag ata i.

Rydw i'n gwenu arni. Hen bethau cas ydi merched weithiau. Ond rydw i'n gwenu arni.

BEN

Fuaswn i ddim yn dweud 'mod i'n berson twp. Dydw i ddim yn *genius*, ond dydw i ddim yn dwp. Dydw i ddim yn cael trafferth yn fy ngwersi. Mae'r cyfan yn dod yn weddol rwydd.

Ond dydw i ddim eisiau bod ym mhob gwers, ac mae fy meddwl i'n crwydro weithiau i'r byd y tu allan i ffenest y dosbarth. I lefydd pell... Ond mae'r athrawon yn ddigon clên hefo fi, ac mi ga i wên fach gan yr athrawesau, neu ryw dagiad bach gan yr athrawon gwrywaidd pan fydd fy meddwl i wedi crwydro... ac o fewn eiliad, mae fy meddwl i 'nôl yn y dosbarth.

Ydyn, mae pobol yn ddigon clên.

Pobol sy'n disgyn o'r paent yn fy llaw i hefyd. Weithiau, pan fydda i'n peintio, fydda i ddim yn gwybod beth fydd fy meddwl i am i mi ei wneud, ac rydw i'n gadael i fy llaw fod yn hollol rydd, ac mae hi'n dechrau creu – bron ohoni ei hun. Mae'r siapiau'n ffurfio, ac mae 'mysedd i'n chwarae mig am y siapiau hynny ac yn creu pethau o 'mlaen i.

Erbyn hyn, mae'r canfas yn llawn lliw ac mae tri hen ŵr yn sefyll yno, yn gwenu. Mae cetyn yn llaw un ohonyn nhw, a rhyw gi bach yn sefyll wrth droed un arall.

Pethau digon hardd ydi pobol; a dydw i'n meddwl am ddim, dim ond am y llun.

HAWYS

"Beth ydi ystyr harddwch yn yr olygfa hon?"

Mae'r athro Cymraeg yn syllu arna i. Rydw i'n gwybod yr ateb. Mae gen i filoedd o atebion.

Rydw i'n rhaffu'r atebion i gyd, un ar ôl y llall, ac mae yntau'n gwenu ac yn nodio.

"Ateb gwych, Hawys."

"Diolch, syr."

Rydw i'n gallu ateb y cwestiwn yn iawn. Rŵan.

"Fe wnei di'n odidog yn yr arholiadau, Hawys," dywed yn dawel wrth fynd heibio fy nesg. Rydw innau'n gwenu i gadw'r cyfog i lawr. Sut y gall o fod mor siŵr?

Pam mae pawb yn dweud hynny? 'Godidog', 'Disgybl rhagorol', 'Disgwyl 10 A* gen ti, Hawys'…

Mae meddwl am yr haf yn fy mygu. Ac mae'r haf yn mynnu gwthio ei hun i flaen fy meddwl, a'r haul yn llosgi fy llygaid.

Mae pobol yn meddwl 'mod i'n glyfar ond dydw i ddim yn teimlo'n glyfar. Dydi'r gwaith ddim yn dod yn hawdd i mi ond, rywsut, wrth weithio'n galed… mae fy marciau i'n dda… ac felly, fedra i ddim stopio gweithio… achos…

Mae fy athrawon yn meddwl 'mod i'n glyfar, yn dibynnu arna i i ennill marciau da iddyn nhw – er eu mwyn eu hunain.

Mae fy rhieni, er nad ydyn nhw erioed wedi dweud hynny, yn disgwyl i mi wneud yn dda – er fy mwyn i, er mwyn y teulu, er eu mwyn nhw – i brofi eu bod nhw wedi gwneud eu gwaith yn dda fel rhieni.

… ac am fy ffrindiau, wel, yn aml iawn fe fydd Kelly'n flin hefo fi oherwydd bod ei rhieni'n dweud wrthi ei bod hi angen gwneud cystal â fi – bod mor glyfar â fi – ac rydw i'n fy nghasáu fy hun. Does neb yn deall – a does neb yn gwybod – a… dydw i ddim yn teimlo'n glyfar. Does arna i ddim eisiau bod yn glyfar. Fe hoffwn i fod yn gi bach du a gwyn heb gyfrifoldeb yn y byd… ci bach… ac fe fyddai'r sawl fyddai'n fy nghadw yn fy mwydo, a mynd â fi am dro… ac fe fyddwn i'n hapus. Mi fyddai hynny'n ddigon.

Ond fi ydi 'yr hogan glyfar' ac yng nghanol hyn i gyd rydw i'n gofyn o ddifri i mi fy hun – beth ydi clyfrwch? Cofio pethau, a'u hysgrifennu ar ddarn o bapur rhwng 9 ac 11 o'r gloch ar y 6ed o Fehefin yn neuadd yr ysgol sy'n drewi o hen fwyd? A hynny gan fod yr awdurdodau'n dweud mai dyna sut y mae mesur clyfrwch person. Fe adawodd Taid yr ysgol yn ddeuddeg oed, ac roedd o'n glyfrach na fi. Yn glyfrach na phawb yn ein teulu ni a doedd o erioed wedi gorfod sefyll unrhyw arholiad.

Efallai na fydda i'n medru cofio bob dim yn yr arholiad ddwy awr honno ym mis Mehefin yn llygad yr haul wrth fwrdd sydd ddim llawer mwy na 'mhen i. Mae'n bur debyg y gwna i anghofio pob dim yn y ddwy awr honno.

Mae dafnau o waed yn dechrau disgyn ar y papur o 'mlaen i. Dwi wedi bod yn pigo'r croen sych ar fy mysedd – heb sylweddoli.

"O diar, Hawys fach, a chithau'n sefyll eich arholiad *cello* wythnos nesa. Ydach chi isho mynd i olchi'ch dwylo?"

"Na, mae'n iawn diolch."

Estynnaf am hances o boced fy nghardigan a rhwymo'r bys yn dynn, dynn, nes iddo droi'n wyn. Mi hoffwn ei rwymo'n dynnach. Mor dynn nes bod fy mys yn disgyn i ffwrdd a 'mod i'n methu chwarae'r *cello* nac ysgrifennu byth eto.

Rydw i eisiau i bopeth stopio. Rydw i eisiau peidio â bod yma. Rydw i eisiau peidio â bod o gwbwl... am chydig bach...

Mae düwch yn cau amdana i fel adenydd hen frân. Ac rydw i'n torri 'nghalon.

Ac mae'r hen wên wedi'i phlastro ar fy wyneb i ddal y cyfan yn ôl.

BEN

Mae'r gloch yn canu ac rydw i'n taenu fy llaw dros y canfas gan wybod y ca i ddod yn ôl wedi'r egwyl. Rydw i'n teimlo'n fodlon.

"Mae'r llun yn dod yn ei flaen yn ardderchog, Ben."

"Diolch, syr." Gwenaf.

Rydw i'n camu i'r cyntedd ac yn estyn am y KitKat o boced fy nghot. Fe fyddai'n well gen i gael smôc, ond cha i ddim smocio ar dir yr ysgol – felly mae'r KitKat yn gorfod gwneud y tro. Does dim byd yn well gen i na chamu allan a theimlo'r awyr iach ar fy wyneb. Mae Rob yn cerdded tuag ata i.

"Iawn, boi?"

"Ydw diolch."

"*Kick about*?" mae'n holi.

"*Ideal*," atebaf.

Rydw i'n rhannu'r KitKat Chunky rhwng y *lads* wrth i ni gerdded at y pyst ac mae'r gêm yn dechrau. Mwd yn cael ei daflu, yr haul yn gynnes ar fy wyneb, a'r bêl fel antur i'w dilyn. Mae pawb yn ymladd am yr antur honno, a'r ddau dîm yn chwarae mig am ei gilydd... a dydw i'n meddwl am ddim, dim ond am y bêl.

HAWYS

Mae'r bechgyn yn cicio pêl, heb ofal yn y byd, ac mae'r bachgen gwallt melyn yn sgorio gôl. Mae'n chwerthin, ac rydw i eisiau bod fel hwn.

BEN

Gan fy mod i'n gallu, gwnaf *somersault* i ddathlu'r gôl, ac mae'r bechgyn i gyd yn chwerthin.

PENNOD 3

HAWYS

Mae cannoedd o blant yn symud o gwmpas
y ffatri yma i gael eu dysgu. Mae cymaint
ohonom yma fel nad ydw i'n gwybod enw
pawb sydd yn yr un flwyddyn â mi, hyd yn oed.
Dieithriaid. Ond, mae pawb yn cael eu dysgu
yr un fath, a'u bwydo â'r un ffeithiau er mwyn
rhoi'r un atebion ar ddarnau o bapur a chael
marciau am wneud hynny.

BEN

Rydw i'n mynd 'nôl am yr ystafell gelf ac yn
teimlo'n falch 'mod i'n cael creu yn y ffordd
rydw i eisiau, heb fod fel pawb arall.

HAWYS

Mae sŵn traed yn disgyn ar y grisiau, cannoedd
ohonyn nhw.

BEN

Mae dwylo'n gafael yng nghanllaw'r grisiau,

cannoedd ohonyn nhw, a'r pren wedi'i feddalu a'i lyfnhau'n braf.

HAWYS
Mae 'mag i'n bachu am ganllaw'r grisiau.

BEN
Mae 'nhroed i'n troi o dan un o'r grisiau, ac rydw i'n disgyn. Mae fy llaw i'n cael ei dal y tu mewn i handlen bag... ac mae pawb yn chwerthin. Rydw i'n ceisio peidio meddwl am hynny.

HAWYS
Mae'r bachgen gwallt melyn ar ei hyd ar lawr, a'i ddwylo yng nghanol fy ngwaith i. Mae tudalennau wedi eu rhwygo, a fy llyfrau wedi'u gwasgaru o flaen pawb. Does arna i ddim eisiau iddyn nhw eu gweld.

Mae pawb yn chwerthin.

BEN
"Sori."

Rydw i'n trio codi ac ymddiheuro'r un pryd.

HAWYS

"Mae'n iawn."

Ond dydi hyn ddim yn iawn.

Rydw i'n gweld traed yn cerdded dros dudalennau fy ngwaith cartref. Fe fydd yn rhaid i mi wneud y cyfan eto. Y cyfan eto! Does gen i ddim amser i wneud y cyfan eto.

BEN

"'Na i helpu."

Plygaf i lawr, y paent du wedi sychu ar fy nwylo erbyn hyn, a gwelaf rywbeth melyn yn ei bag. Rydw i'n hoffi'r lliw.

HAWYS

Mae ei ddwylo budr yn plygu i estyn at fy llyfrau. Does arna i ddim eisiau ei help.

"Na, paid!"
Rydw i'n ei wthio i ffwrdd.
Heb feddwl.
Heb drio.

BEN
"Sori."

HAWYS
Mae'r bachgen yn edrych arna i'n sydyn,
cyn cerdded i ffwrdd. Doeddwn i ddim wedi
meddwl ei wthio. Ond fe wnes i... ac roedd
hynny'n teimlo'n dda.

Roedd hynny'n teimlo mor hyfryd.

Rydw i'n ei wylio'n cerdded i ffwrdd, ac i
mewn i'r ystafell gelf. O'r fan hyn, gallaf weld
ei gefn. Mae'n sefyll wrth yr *easel*, yn gafael
mewn brwsh paent ac yn ailafael yn ei waith.
Syllaf ar ei gefn, yn methu peidio â gwneud
hynny. Y tu ôl iddo mae'r llun y mae'n gweithio
arno – hen ddynion yn gwenu. Mae'n llun da.
Edrychaf ar y bachgen drachefn. Rydw i'n
syllu arno, ac mae rhywbeth wedi ei danio y
tu mewn i mi.

RHAN 2

PENNOD 4

HAWYS

Mae hi'n dywyll yma. Mae'r lamp fach ar fy nesg yn creu pwll o olau ar fy ngwaith. Cysgodion sy'n eistedd ym mhob man arall – ar y waliau, o dan y ddesg, ar y nenfwd. Codaf fy llaw a'i gweld hithau'n gysgod ar y wal. Rydw i'n brifo, a does dim yr hoffwn yn fwy yn y byd na chael troi'n gysgod fy hun. Mae hynny'n beth od i'w ddweud ond mae fy meddwl yn drwm ac rydw i'n dychmygu fy hun yn peidio â bod. Yn troi'n gysgod… yn araf, araf bach… ac rydw i'n fy ngweld fy hun yn ddim byd ond siâp ar wal fy ystafell. Bodolaeth dawel. Mae'r iselder yma'n fy llethu.

Rydw i'n fy nghasáu fy hun.

Mae 'na bry bach yn glanio ar y ddalen o 'mlaen i. Fe hoffwn ffeirio lle hefo hwnnw. Bod yn bry. Bod yn unrhyw beth ond bod yn fi.

Alla i ddim dygymod, ond alla i ddim dweud wrth unrhyw un.

Arholiadau, gwaith, adolygu, *cello*, llyfrau, Mam a Dad, ffrindiau, athrawon, cloch yr ysgol, arholiadau, gwaith, adolygu, *cello*, llyfrau...

Mae fy meddwl i'n dechrau tawelu drachefn.

Dim ond un peth sy'n aros yn fy meddwl. Y bachgen hwnnw. Dydw i ddim wedi siarad ag o o'r blaen. Tan heddiw.

Doeddwn i ddim wedi meddwl ei wthio.

Ond, am eiliad, fi oedd yn rheoli pethau... ac roedd y teimlad hwnnw mor braf.

Yn gynnes yn fy stumog.

Rydw i eisiau'r teimlad hwnnw eto.

Yn ofnadwy.

Rhaid i mi gael y teimlad eto.

BEN

Fe fydd o yma mewn eiliad. Rydw i'n clywed drws llofft Mam yn cau. Cyfri i bump a chlywed drws llofft Arwel yn agor. Yna, clywaf sŵn cyfarwydd ei draed, a drws fy llofft i'n agor. Does yr un ohonom yn dweud gair wrth ein gilydd. Rydw i'n ei glywed yn gosod ei gwrlid a'i obennydd ar lawr, ac yn gorwedd.

Ymhen munud neu ddau mae 'mrawd bach yn cysgu a'i anadlu'n llenwi'r ystafell.

Rydw i'n gorwedd yno, yn aros am gwsg. Fe ddaw.

Fe ddaw.

Mae fy meddwl yn mynd yn ysgafn, a chwsg yn dechrau cyrraedd.

Am eiliad, mae'r ferch honno ar y grisiau yn dweud nos da wrtha i yn fy meddwl, a'i llyfrau hi ym mhobman. Mae hi yn yr un flwyddyn â mi ond dydw i ddim wedi siarad â hi o'r blaen. Tan heddiw. Mae hi'n sefyll yno. Ei llygaid tywyll hi. Ei dwylo gwyn hi.

Mae hi'n mynd, ac mae cwsg yn dod.

*

HAWYS

Rydw i'n methu peidio â meddwl amdano. Y bachgen hwnnw, a'i wallt melyn, a'r teimlad.

Am y tro cyntaf ers misoedd bellach, mae rhywbeth yn teimlo'n wahanol.

Dydi codi ddim yn fy llethu.

Alla i ddim esbonio hyn.

Rydw i'n cerdded i lawr y grisiau, eistedd wrth y bwrdd brecwast a thywallt y Cheerios, a'r llaeth. Rydw i'n bwyta'r cyfan.

Mae gweld y rhyddhad ar wyneb Mam yn braf.

"Wela i chi heno, Mam."

Caeaf y drws.

BEN

Rydw i wedi blino. Wnes i ddim cysgu rhyw lawer neithiwr. A dweud y gwir, does arna i ddim llawer o awydd mynd i'r ysgol y bore 'ma. Rhyw hen deimlad dydd Sul sydd i heddiw – codi, cerdded o gwmpas y tŷ mewn pyjamas. Cinio dydd Sul, *dvd*. Cwtsho. Dydi hi ddim yn teimlo fel dydd Iau.

Dydd Iau ydi hi, fodd bynnag. Mae Arwel wedi fy atgoffa o hynny droeon gan ei fod yn cael cinio picnic yn yr ysgol heddiw.

Codaf fy llaw arno wrth giât yr ysgol a

cherdded oddi wrtho. A dydw i'n meddwl am ddim, dim ond am ddydd Iau.

*

HAWYS

Rydw i'n cyrraedd yn gynnar a cherddaf tuag at yr ystafell gelf. Dydw i ddim yn astudio celf ond mae'n rhaid i mi fynd yno. Rydw i'n cael fy nhynnu.

Wrth fynd yn nes, rydw i'n gweddïo na fydd yr athro celf yno.

Mae sŵn fy nhraed yn uchel ar y grisiau. Grisiau ddoe. Lle dechreuodd pethau.

Edrychaf drwy gil y drws. Does neb yno. Ond mae'r llun yno. Llun ddoe. Yr hen ddynion. Caf fy nhynnu'n nes ac yn nes ac yn nes. Rydw i'n sefyll o flaen y canfas. Wrth i'm llygaid grwydro drwy'r lliwiau a'r siapiau, rydw i eisiau crio. Eiddigedd. Dyna pam. Does neb ar y canfas yma'n teimlo'n unig. Pan ydych chi'n drist, mae hapusrwydd pobl eraill yn eich gwneud chi'n fwy trist. Rydych chi'n eiddigeddus o'u hapusrwydd. Ond pan ydych chi'n hapus, mae hapusrwydd pobol eraill yn eich ysbrydoli chi, ac rydych chi'n gweld harddwch mewn bywyd. Fel y llun yma. Harddwch pobol. Ond alla i ddim ei fwynhau, rydw i'n ei gasáu. Oherwydd dydw i ddim wedi teimlo hapusrwydd fel sydd yn y llun ers pan oeddwn i'n blentyn. Rydw i'n teimlo mor isel, ac mae arna i eisiau dinistrio'r peth hardd yma sydd o 'mlaen i.

Heb drio, mae fy llaw yn cydio yn y brwsh paent sydd ar y bwrdd wrth fy ymyl.

Heb drio, mae fy llaw yn agor y pot paent glas.

Heb drio, rydw i'n rhoi'r brwsh yn y paent ac yn ei droi yn y lliw. Glas. A'r *blues* yno ar flaen y brwsh paent.

Heb drio, rydw i'n gosod y brwsh ar wyneb un o'r hen ddynion a'i ddal yno. A'i wasgu. Cyn ei dynnu i ffwrdd.

Mae fy llaw, heb drio, yn gosod y brwsh yn ôl ar y bwrdd. Syllaf ar y llun a cherdded i ffwrdd.

BEN

Mae arna i eisiau cael golwg sydyn arno.
Gwaith ddoe.

Cerddaf i fyny'r grisiau, yn teimlo'n well
gyda phob cam. Rydw i'n un da am wella fy
nhymer fy hun. Fydda i ddim yn teimlo'n
flin yn hir. Mae golau'r haul yn disgyn
drwy'r ffenest yn y to ac mae'n edrych yn
hyfryd. Edrychaf ar fy oriawr. Does gen i
ddim llawer o amser. Roedd Arwel yn fwy
chwareus nag arfer ar y ffordd i'r ysgol
heddiw, ac fe gymerodd y daith ddeng
munud yn hirach...

Ond mae gen i ddau funud, cyn naw o'r
gloch, i weld y llun.

Agoraf y drws ac mae arogl paent a phapur
yn llenwi fy ffroenau. Cerddaf at y llun i gael
golwg iawn arno.

*

HAWYS

Mae fy meddwl yn ysgafn am eiliad.

Mae'r un teimlad yn ôl.

Dydw i ddim yn deall pam 'mod i wedi gwneud yr hyn rydw i newydd ei wneud.

Ond rydw i'n deall bod y teimlad yn ei ôl.

Y teimlad o reoli.

Rheoli rhywun.

Rheoli rhywbeth.

Unrhyw beth.

Mae'n deimlad braf.

BEN
Mae rhywun wedi malu'r llun, a dydw i ddim eisiau meddwl am y peth.

PENNOD 5

HAWYS

Wnaeth y teimlad ddim para'n hir. Rydw i'n
methu cysgu eto. Mae nodau'r *cello* yn un
cwlwm ar hyd y bariau. Rydw i'n eu gweld
nhw o 'mlaen i yn nhywyllwch yr ystafell. Mae
'mysedd i'n brifo, ac mae arna i ofn. Rydw i
wedi llwyddo o'r blaen sawl gwaith. *Distinction*
bob tro. Felly mae pawb yn ei ddisgwyl eto.
Ond beth os metha i'r arholiad? Beth fydd
pobol yn ei feddwl? Peth creulon ydi bod yn
dda am wneud rhywbeth, oherwydd mae
disgwyliadau uchel yn cyrraedd yn gyflym ar
ôl y llwyddiant... ac rydw i wedi blino. Dydw
i ddim yn gwneud dim o'r gwaith yma er fy
mwyn fy hun mwyach. Rydw i'n ei wneud
oherwydd dyna mae pobol yn disgwyl i mi ei
wneud.

Unwaith eto, mae popeth yn cau amdanaf
fel gefail, a'r hen frân ddu yn cau ei hadenydd
amdanaf. Rydw i eisiau cysgu i gael anghofio.
Ond mae'r canfas y tu mewn i fy llygaid yn
llawn cysgodion.

Rydw i am i bopeth stopio. Rydw i am ddweud wrth Mam a Dad sut rydw i'n teimlo, ond dydw i ddim am eu siomi. Maen nhw wedi gwneud cymaint er fy mwyn i. Alla i ddim eu siomi nhw. Rhaid i fi drio... trio... mae'n rhaid bod mwy y galla i ei wneud. Codaf o 'ngwely a mynd at fy nesg, troi'r golau ymlaen a dechrau gweithio drachefn ar y gwaith cartref Mathemateg.

Yn araf bach, mae'r rhifau'n gwneud synnwyr, ond mae'r ddalen yn troi'n las o flaen fy wyneb. Yn hollol las, fel na allaf weld y rhifau. Erbyn hyn does gen i ddim syniad a ydw i'n cysgu neu'n effro. Rydw i'n cyffwrdd â fy wyneb – ond dydi hynny ddim yn helpu. Edrychaf ar fy llaw ac mae honno'n las. Mae'n rhaid bod fy wyneb yn las hefyd. Rydw i'n ei gyffwrdd eto, ac mae paent glas yn gorchuddio fy mysedd. Mae'n rhaid 'mod i'n breuddwydio. Mae'n rhaid 'mod i! Rydw i'n diffodd y golau ac yn camu 'nôl i'r gwely. Yn y tywyllwch, fedra i ddim gweld lliw fy nwylo.

BEN

Rydw i'n ceisio 'ngorau i beidio â meddwl am y peth.

Mae fy meddwl i'n amau pawb.

Jôc oedd hyn mae'n rhaid. Ond dydi'r bechgyn ddim fel arfer yn chwarae hen jôcs fel hyn. Rydw i'n edrych ar y cloc wrth fy ngwely, yn estyn fy llaw i'w droi i'm wynebu, ac rydw i'n fy ngorfodi fy hun i beidio â meddwl am y peth.

Rydw i'n codi at y ffenest. Ar yr eiliad honno mae drws fy llofft yn agor ac Arwel yn cerdded i mewn.

Rydw i'n rhoi fy llaw allan i dderbyn fy mrawd bach, ac mae o'n chwilio amdana i. Mae o'n dringo ar y gwely ac yn cwtsho yn fy mreichiau. Estynnaf un llaw allan i agor y llenni.

"Pam mae arnat ti ofn y nos?" gofynnaf iddo.

Dydi fy mrawd bach ddim yn ateb.

"Sna'm byd i fod ofn, sdi. Sbia ar y sêr. Ti'm yn gweld rhein yn y dydd. Yli!"

Yn araf bach, bach, mae 'mrawd yn estyn

allan, yn pwyso ar sil y ffenest ac mae'n edrych i fyny. Mae golau'r lamp y tu allan yn hardd ar ei wyneb bach.

"Tisho gneud siapiau hefo'r sêr?"

Daw gwên fach i'w lygaid ac mae'n edrych i fyny i weld. Mae'n gweld panda yn yr awyr, yna awyren ac yna botel o sôs coch. Mae'n gwenu arna i. Rydw i'n ei weld yn dechrau wynebu'r hen ofn, a'r nos yn dechrau dod yn harddach iddo, a'i ofn yn dechrau, dim ond dechrau, diflannu.

"Ben?" mae'n gofyn, a does arna i ddim eisiau gwybod beth mae am ei ofyn.

"Amser bei-beis 'wan, Arwel."

"Ond Ben, ti'n meddwl bod Dad…?"

"Amser bei-beis, Arwel. Gwd boi."

Rydw i'n ei gario i'r llawr a thynnu'r cwrlid o dan ei ên.

"Nos da, Arwel."

"Nos da, Ben."

… a dydw i ddim yn meddwl mwy am y peth.

*

HAWYS

Mae'r dyddiau'n pasio'n araf fel hen falwod mewn mwd. Pob un yn arafach na'r llall. Ac mae arholiad *cello* heddiw fel hen friw o 'mlaen.

BEN

Mae Arwel wedi dechrau mwynhau'r nos. Mae'n dal i ddod i'r llofft, ond mae'n edrych ar y sêr bob nos ac yn gwneud siapiau hefo nhw. Bob nos. Os ydi hi'n gymylog, mae'n anadlu ar y ffenest ac yn tynnu lluniau yn y stêm ar ganfas du y nos…

Damwain…

… Bob nos rydw i'n anghofio mwy am y llun. Yn fy mhen, damwain oedd y cyfan erbyn hyn. Damwain las. Mae popeth yn iawn. Fel o'r blaen. A does dim rhaid meddwl am y peth.

*

HAWYS

Wrth gerdded o 'ngwers olaf tuag at y car rydw i'n gweld y bachgen gwallt melyn.

Mae'n gwenu ar ei ffrindiau. Mae popeth yn iawn, mae'n debyg. Dydi o'n poeni dim am y llun. Sut hynny? Pam nad oes arno ofn? Fel sydd arna i? Pam nad ydi o'n teimlo'r panig rydw i'n ei deimlo rŵan? Pam nad ydi'r nerfau yn rhoi dŵr poeth yn ei stumog, yn codi i'w wddw? Rydw i eisiau iddo deimlo fel rydw i'n teimlo.

Mae'r bêl yn methu 'mhen o fodfeddi.

"Sori!" Llais y bachgen gwallt melyn.

"Gwatsia lle ti'n cicio, *chief*!" mae'n galw ar un o'i ffrindiau.

Mae'r bechgyn eraill yn chwerthin, a'r bachgen gwallt melyn yn gwenu arna i, gan blygu i nôl y bêl. Rydw i'n syllu arno, a'r hen wên blastig yn disgyn dros fy wyneb.

"Gwers sy gin ti?"

"Arholiad." Mae'r gair fel cyfog yn fy ngheg.

"W, pob lwc," meddai gan wenu eto a chodi ei law.

Mae'r bachgen yn rhedeg yn ôl at ei ffrindiau ac rydw i'n methu peidio â'i gasáu; dim ond dipyn bach... ond rydw i'n methu peidio â'i gasáu am fod mor hapus.

BEN

Mae Arwel a minnau a Mam yn bwyta *pizza* o flaen y teledu. Mae hi'n nos Fawrth, ond yn teimlo fel nos Sul. Teimlad braf.

HAWYS

Mae'r arholiad yn dod i ben. Dydw i'n cofio fawr ddim oherwydd roeddwn i mor benysgafn, ond mae'r cyfeilydd yn dweud 'mod i:

"Wedi chwarae'n odidog fel arfer," a'i gwên a'i phersawr lafant afiach hi'n troi arna i.

Rydw i'n gwenu arni ac yn dweud diolch wrthi, gan fod yn rhaid i mi.

Cerddaf at gar Mam. Mae hithau'n gwenu. Gan fod yn rhaid iddi. Gwenaf arni i gadarnhau bod popeth yn iawn.

Mae Mam wedi nôl *pizza* fel *treat* oherwydd yr arholiad. Does arna i ddim eisiau gwybod am *pizzas*. Mae Mam yn sgwrsio'n ddi-baid. Does arna i ddim eisiau gwybod am Mam chwaith.

Rydyn ni'n cyrraedd adre.

Cerddaf drwy ddrws fy llofft ac mae'r gwaith cartref yn un tomen ar fy nesg.

Mae Mam am i fi fynd i lawr grisiau yn syth i gael *pizza* cyn iddo oeri, ond mae 'na gymaint o waith i'w wneud... rydw i bron â mygu.

Eto.

Agoraf fy ffenest i gael rhywfaint o awyr iach ac yno, fel rhodd ar sil y ffenest, mae hen frân wedi marw. Mae hi yno yn fy aros – ac rydw i'n gwybod yn reddfol beth rydw i am ei wneud. Estynnaf am fag plastig, rhoi'r frân y tu mewn iddo a'i glymu'n dynn, cyn gwasgu'r cyfan i 'mag ysgol.

Rydw i'n golchi fy nwylo ac yn mynd i lawr y grisiau i fwyta *pizza* gyda Mam a Dad, oherwydd rydw i'n teimlo'n well.

BEN

Mae'r tŷ yn cysgu.

Rydw i'n gorwedd ac mae coridor fy meddwl yn un rhes o ddrysau a phob un yn fy arwain i rywle anghyfarwydd. Ac ym mhob un o'r llefydd mae yna goeden las a phaent glas yn diferu ohoni.

Mae cysgod rhyw ddyn yn sefyll oddi tani. Ond dydw i ddim yn adnabod y dyn. A dydw i ddim eisiau meddwl mwy amdano.

PENNOD 6

Rydw i wedi aros drwy amser cinio. Wedi bod yn ei wylio, er mwyn yr eiliad hon. Mae'r bachgen wedi tynnu ei got ar ôl egwyl amser cinio. Cot werdd ydi hi gyda *hood* arni. Mae hi'n got neis. Mae rhyw logo bach coch ar y cefn – dyna sut rydw i'n gallu bod yn sicr mai ei got o ydi hi. Rydw i wedi bod yn astudio'r got ers deuddydd, yn gwylio symudiadau'r bachgen – ac rydw i'n gwybod y bydd o'n gadael y got yma tan ddiwedd y dydd. Mae'r bachgen yn gosod y got ar y peg ac yn cerdded i ffwrdd. O'r grisiau uwchben, rydw i'n ei wylio drachefn a does ganddo ddim syniad 'mod i yno.

Mae hi'n dawel ar ôl iddo fynd.

Nes daw sŵn traed. Mae rhywrai eraill yn dod i hongian eu cotiau.

Sut rydw i'n mynd i wneud hyn?

Dechreuaf gerdded i lawr y grisiau a thynnu fy nghot wrth fynd. Rydw i'n sefyll yn yr union fan y bu'r bachgen yn sefyll. Fy nhraed i lle bu ei draed o. Fy llaw yn yr un lle.

Yn araf bach rydw i'n tynnu'r frân yn y bag plastig o fy mag ysgol. Mae'r frân yn dawel yn fy llaw. Teimlaf ei hoerni drwy'r plastig, teimlo ei phig a'i hadenydd, ac rydw i'n ei gosod ym mhoced cot y bachgen.

Mae'r ddau a ddaeth i hongian eu cotiau wedi mynd erbyn hyn. Heb amau dim. Rydw i'n symud fy nghot a'i rhoi dros fy mraich cyn cerdded i ffwrdd. Gan addo i mi fy hun y byddaf yn ôl am hanner awr wedi tri i wylio'i ddarganfyddiad.

BEN
Fe ddaeth hanner awr wedi tri yn rhy gynnar heddiw. Dydi hyn ddim yn digwydd yn aml ond, weithiau, fe ddaw rhywbeth drosta i, sy'n gwneud i mi fod eisiau dysgu mwy a mwy a mwy. Rydw i am amsugno gwybodaeth – oherwydd mae'n gwneud i mi ryfeddu at y byd. Gwybod mwy a mwy am y byd a pha mor rhyfeddol ydi pobol a natur a… rydw i'n cochi, oherwydd 'mod i'n rhamantu fel hyn. Cochi i mi fy hun.

Rydw i'n cyrraedd y pegiau ac estynnaf am

fy nghot. Mae hi'n drymach nag arfer. Rydw i'n ei gwisgo. Mae hi'n bendant yn drymach nag arfer. Rhof fy llaw yn fy mhoced dde. Dim byd. Ond mae rhywbeth yn fy mhoced fawr chwith, yn oer ac yn wlyb. Rhywbeth mewn bag plastig gwyn. Agoraf y bag, a rhoi fy llaw i mewn i archwilio'r dirgelwch. Sut yn y byd mae hwn wedi cyrraedd fy nghot? Beth ydi o? Mae'n teimlo'n od... ac

rydw i'n ei dynnu allan o'r bag. Yno, yn fy llaw, mae hen frân wedi trigo. Mae ei phen yn hongian i un ochr a'i llygaid marw yn syllu arna i. Rydw i'n rhewi yn fy unfan, ond wrth rewi mae fy nghorff yn mynd yn danboeth. Ac mae fy meddwl i'n llosgi. Ac rydw i'n meddwl am...

*

HAWYS
Mae ei lygaid yn syllu ar y peth marw yn ei law. Mae ei gorff yn hollol lonydd fel corff y frân.

Am eiliad, am ddwy eiliad... am dair... am funud cyfan, mae'r bachgen yn hollol lonydd, yna mae'n edrych o'i gwmpas. O'r fan hon, gallaf weld ei lygaid, er nad ydi o'n fy ngweld i – rydw i'n gweld ei ofn. Rydw i unwaith eto'n teimlo'n well. Mae gweld rhywun arall yn teimlo'r un ofn â mi yn fy nghysuro. Mae ar bobol eraill ofn hefyd. Diolch byth. Ond dydi pobol ddim yn siarad am yr ofn. Fel y bachgen yma. Mae ei geg ar gau. Mae'r lle'n hollol dawel.

Dim sgrech.

Dim byd.

All o ddweud dim. Dydyn ni ddim i fod i siarad am ofn. Fi na fo. Ond rydyn ni'n ei deimlo yr un fath â'n gilydd, ac rydw i'n ei garu am eiliad, oherwydd nad ydw i'n teimlo ar fy mhen fy hun. Ond mae'r eiliad honno'n pasio, a sŵn y plastig yn chwalu popeth. Mae'n stwffio'r aderyn yn ôl yn y bag ac yn stwffio'r bag i bellteroedd y bìn, reit i'r gwaelod. Dydi o ddim am i neb wybod am hyn. Mae arno eisiau anghofio am hyn. Mae'n mynd i mewn i'r toiledau. Sŵn dŵr, sŵn y sychwr. Mae'n agor y drws drachefn ac yn camu allan. Mae'n edrych o'i gwmpas ac yn dechrau cerdded.

BEN
Eto. Mae. Hyn. Wedi. Digwydd. Eto. Jôc? Dydi hyn ddim yn teimlo fel jôc. Mae'n teimlo fel bygythiad.

*

HAWYS
Dydi'r teimlad cynnes ddim yn para'n hir. Mae'r düwch yn ei ôl o fewn dim. Mae gwaith yn fy llethu a'r unig gysur yw gweld y bachgen yn dioddef. Ers misoedd bellach, rydw i wedi bod yn ei boenydio. Ond dydw i byth yn dangos iddo pwy sy'n gwneud. Rydw i'n gadael pethau yn ei fag. Gwneud pethau i'w waith. Gwneud pethau i'w fwyd, i'w ddillad. Ond rydw i'n gwneud popeth yn y dirgel; oherwydd mae absenoldeb weithiau'n fwy brawychus na pherson. Rydw i, wrth ei weld yn dioddef, yn disgyn mewn cariad ag o am yr eiliad honno... ac mae'r eiliad yn pasio.

Eto ac eto ac eto... ac rydw i angen ei boenydio.

Eto ac eto ac eto... ac rydw i'n gwneud hynny.

BEN
Rydw i'n ceisio anwybyddu'r peth. Ond dydi hyn ddim yn deg.

PENNOD 7

HAWYS

Yr unig beth sy'n fy nghadw i fynd yw'r bachgen gwallt melyn. Mae'r arholiadau'n rhegi o 'mlaen i. Rydw i'n adolygu, yn ysgrifennu traethodau, ac rydw i'n poeni. Ac yn methu bwyta.

Peth afiach ydi bod yn glyfar.

Rydw i'n poeni. Ac yn methu cysgu.

Ond mae'r bachgen gen i, fel craith i'w phigo. Diolch byth.

BEN

Rydw i'n ceisio rhoi fy hun yn llwyr i fy ngwaith – a dweud y gwir mae'r athrawon yn dweud 'mod i'n gweithio'n rhagorol. Ond rydw i'n gweithio i gael anghofio. Pan ydw i adre, yn fy ngwely, neu pan mae Arwel yn cysgu ar y llawr, neu pan mae Mam yn garedig hefo fi, rydw i eisiau crio. Mae eu cariad nhw'n gwneud i mi deimlo fel bachgen bach, ac mae arna i eisiau dweud y cyfan wrthyn nhw, ac mae arna i eisiau crio. Ond rydw i'n gorfodi fy meddwl i anghofio. Rydw i'n gwthio'r cyfan ymhell i ffwrdd, ac rydw i'n peidio meddwl am y peth, yn ei stwffio i'r cwpwrdd hwnnw sydd yng nghefn fy mhen, sydd eisoes yn rhy lawn oherwydd y pethau eraill hynny rydw i wedi eu hanwybyddu ers blynyddoedd. Ond… anwybyddu… dyna'r peth gorau. Anwybyddu a pheidio meddwl.

HAWYS

Rydw i wedi bod yn fwy arbrofol y tro hwn, ac wedi llenwi ei focs bwyd â phridd. Mae'r cyfan mor hawdd erbyn hyn. Rydw i'n gallu paratoi popeth yn syml. Rydw i'n gwybod ei amserlen yn well na f'un i, ac yn gwybod yn union pryd y gallaf chwarae'r tric nesa.

Mae ei frechdanau'n gorwedd yng nghanol y mwd fel hen gorff; ac mae'r bachgen yn methu bwyta. Fel fi.

BEN

Rydw i'n un ar bymtheg oed ac mae arna i eisiau crio. Rydw i'n teimlo'n llai na bach. Rydw i'n teimlo'n afiach. Rydw i ar lwgu ond mae'r bwyd yn fwd o 'mlaen i, ac fe allwn i sgrechian, ond rydw i'n tawelu. Anwybyddu – dyna'r peth gorau. Rydw i'n rhoi'r bocs yn ôl yng nghorff y bag, yn isel yn nhywyllwch y bag... a theimlaf rywbeth arall. Ac rydw i'n ei dynnu allan. Maneg felen. A chofiaf weld y faneg o'r blaen...

HAWYS
Mae hi'n oer erbyn hyn, ac mae 'nwylo i'n oer wrth gario'r *cello*. Rydw i'n estyn am fy menyg ond mae un ar goll. Er mai peth bychan iawn yw hynny, peth hollol amherthnasol, peth dibwys, mae'r golled yn torri 'nghalon i. Mae'r dagrau'n bygwth. Ond rydw i'n un ar bymtheg oed. Felly, rydw i'n llyncu'r dagrau yn ôl.

BEN
Merch y *cello*. Mae'n rhaid mai hi sy'n gwneud y pethau hyn i mi. Mae'n rhaid.

*

HAWYS

Caf gip ar y bachgen ac mae'n edrych arna i am eiliad. Mae rhyw gryndod yn fy siglo. Ond mae'r eiliad yn pasio.

BEN

Caf gip arni. Rydw i'n dal ei llygad am eiliad, cyn edrych i ffwrdd. Rydw i'n ei hanwybyddu, gan mai dyna sydd orau.

HAWYS

Hanner awr wedi tri.

BEN

Hanner awr wedi tri. Rydw i'n dechrau cerdded am adre. Rhof fy nwylo yn fy mhocedi, ac mae'r faneg yn y boced chwith yn gynnes.

Cerddaf dros y ffordd a gweld fy mrawd bach. Mae'n rhedeg tuag ata i ac yn rhoi ei freichiau amdana i.

Trof i ffwrdd o'r ysgol fach ac yno, wrth giât yr ysgol fawr, mae'r ferch. Mae hi mor hardd. Rydw i angen ei hanwybyddu. Dyna sydd orau.

"Tisho mynd am dro?" gofynnaf i Arwel.

Mae'n nodio.

"Ond ma'n rhaid i ni gadw'n dawel, dawel achos gêm ydi hi," meddaf wrtho heb feddwl.

Mae 'mrawd bach yn gwenu arna i.

"Be 'di'r gêm?"

"Gêm mynd am dro yn dawel, dawel, ac wedyn pan fyddwn ni adre, rhaid i ni drio enwi cymaint â phosib o'r pethau welson ni. Iawn?"

Mae ei lygaid bach yn disgleirio.

Pam ydw i'n gwneud hyn? Rydw i am droi'n ôl gyda phob cam. Anwybyddu. Dyna sydd orau. Ond mae rhywbeth cryfach yn fy nhynnu tuag ati.

Rydw i'n ei dilyn, gan gadw pellter rhyngddon ni.

Rydw i'n ei dilyn hi ymhellach ac ymhellach, a'r ofn yn tyfu wrth ei dilyn o hyd, ond alla i ddim stopio.

Rydw i'n ei dilyn hi.

Yn ei dilyn hi.

Yn rhy bell.

Mae hi'n agor drws ei thŷ, ac yn camu i mewn... ac mae 'mrawd bach a minnau'n cerdded syth heibio am adre.

Anwybyddu. Dyna sydd orau.

PENNOD 8

HAWYS

Mae diwrnod arall yn mynd rhagddo heb i mi ofyn iddo. Fel damwain. Mae'r merched yn siarad am y gwaith cartref Cemeg. Do, fe wnes i'r rhan fwyaf ohono, ond mae'r gwaith cwrs Ffrangeg, a'r gwaith cwrs Drama i fod wedi ei gwblhau hefyd, ac mae gen i ymarferion heno. Sut mae pawb arall yn gallu gwneud popeth?

Mae fy ffrindiau wedi gorffen y gwaith i gyd.

Rydw i'n methu meddwl, a'r holl wybodaeth a'r holl waith yn chwalu unrhyw obaith sydd gen i o feddwl yn glir. Pam na alla i fod fel pawb arall? Mae arna i ofn popeth... ac mae arna i ofn gweld y bachgen gwallt melyn yn fwy na dim. Dydw i ddim yn gwybod pam.

BEN

Rydw i'n ei gweld hi, yn sefyll y tu allan i'r dosbarth Cemeg. Ar hap. Estynnaf fy llaw i 'mhoced a theimlo meddalwch y faneg. Rydw i angen anwybyddu'r ferch. Rydw i'n cerdded heibio iddi gan dynnu fy nwylo allan o 'mhocedi er mwyn edrych yn fwy... dynol... ac mae'r faneg yn disgyn i'r llawr o 'mlaen i.

HAWYS
Mae 'mhen i'n troi yn waeth, ac rydw i'n teimlo'n boeth.

BEN
Safaf yno o'i blaen, a'r faneg fel rheg rhyngddon ni, ac rydw i'n cofio sefyll fel hyn o flaen fy nhad.

HAWYS
"Hei Hawys, dy faneg di ydi honna?" medd Anna.

Rydw i'n syllu ar y faneg. Mae fy meddwl yn troi. Mae'r bachgen gwallt melyn yn gwybod mai fi sy'n ei boenydio... Mae'n rhaid ei fod o. Rydw i'n panicio.

"Be ddiawl *ti*'n neud hefo maneg Hawys?" medd Anna wedyn. "Ti'n ei *stalk*-io hi neu rwbath?"

Mae'r bachgen yn syllu arna i. Does gen i ddim syniad beth i'w ddweud.

Does gen i ddim gair yn fy mhen.

Nac yntau chwaith.

Yna, o rywle, daw ei lais crynedig:

"Ei ffeindio hi wnes i, yn fy mag…"

Tawelwch.

Does neb yn dweud dim.

Yna, "*As if*!" meddai Kelly. "Ti'n *weird*!"

Rhyddhad. Mae fy nghyfrinach yn saff.

Ac rydw i'n chwerthin yn wyneb y bachgen. Chwerthin o ryddhad, a chwerthin nerfus… a chwerthin sy'n cael ei basio fel haint, ac mae'r merched yn dechrau chwerthin hefyd. Yn ei wyneb. Pethau digon cas ydi merched weithiau.

BEN

Mae'r ferch yn chwerthin, a'r euogrwydd yn fflachio'n wyllt yn ei llygaid. Maen nhw i gyd yn chwerthin am fy mhen i, ac mae'r tair yn cerdded i ffwrdd. Pethau digon hyll ydi pobol weithiau.

*

HAWYS

O dipyn i beth, mae'r merched yn dechrau chwerthin bob tro maen nhw'n ei weld. Ei alw'n *weird*. Ac mae merched eraill yn gwneud yr un peth, er nad ydyn nhw'n gwybod pam. Maen nhw'n chwerthin arno yn y dirgel, pan nad ydi ei ffrindiau o gwmpas... criw o ferched yn bwlio un bachgen... fel hen frain yn bwyta ei lygaid. Ei fwlio, yn giaidd. Ei frifo.

Fy mai i yw'r cyfan. Doeddwn i ddim wedi bwriadu i bethau fynd mor bell. Ac rydw i'n teimlo'n waeth nag erioed.

BEN

Anwybyddu. Dyna'r peth gorau.

*

HAWYS

Rydw i'n methu cysgu.

BEN

Rydw i'n dringo i 'ngwely, ac yn methu aros i 'mrawd bach ddod i mewn i fy ystafell...

Rydw i'n aros…

A heno, a minnau ei angen yn fwy nag erioed, angen ei gwmni tawel…

… dydi fy mrawd bach ddim yn dod i fy llofft i gysgu.

Mae wedi trechu'r ofn am y nos, ac wedi tyfu'n hŷn.

A minnau'n fachgen bach.

*

HAWYS

Rydw i'n methu cysgu eto. Mae fy meddwl i'n un coridor hir, ac wrth agor un drws, mae coeden ddu yn sefyll o 'mlaen, a hithau'n gwegian dan bwysau'r brain. Y tu ôl i bob drws, mae coeden arall, a phob un yn gwegian dan bwysau'r hyn rydw i wedi ei wneud iddo. Mae'r brain yn sgrechian arna i.

BEN
Rydw i'n gorwedd yno, yn hollol effro. Yn syllu ar y sêr, ac rydw i mor unig.

HAWYS
Rydw i'n eistedd wrth fy ffenest yn syllu ar y sêr. Ac yn cenfigennu atyn nhw – at eu llonyddwch, eu harddwch, ac rydw i mor unig.

PENNOD 9

HAWYS

Mae hi'n fore. A dydw i ddim wedi cysgu winc.

BEN

Mae hi'n fore eto. Ac mae ddoe heb gael hoe eto. Dydw i ddim wedi cysgu winc. Dim.

HAWYS

Ac mae arna i gymaint o ofn ei weld. Rydw i eisiau dweud sori… ond dydw i ddim yn gwybod sut. Dydw i ddim yn gwybod lle i ddechrau…

BEN

… ac mae arna i gymaint o ofn ei gweld.

HAWYS

… ac rydw i'n ei weld.

BEN

… ac rydw i'n ei gweld.

HAWYS

Mae'r merched yn ei weld, maen nhw'n sibrwd ymysg ei gilydd ac yn chwerthin. Mae eu lleisiau fel gwenwyn yn fy nghlustiau, ac rydw i'n gweld y bachgen yn cerdded... a'r gwenwyn yn llifo i'w glustiau yntau, yn ei fyddaru. Fy mai i ydi hyn. Mae'r casineb rydw i'n ei deimlo tuag ataf fy hun mor fawr fel nad ydw i'n gallu anadlu... mae hyn yn fy llethu'n llwyr. Dyma'r isaf i mi ei deimlo erioed.

BEN

Anwybyddu. Mae hyn yn brifo. Anwybyddu.

*

HAWYS

Heno, mae'r sêr mor boenus o hardd nes bod arna i eisiau marw. Rydw i'n meddwl am farw... mae'r iselder wedi bwyta popeth sydd y tu mewn i mi a 'nhroi i'n ddim ond mwd. Syllaf ar y gwydr wrth ymyl fy ngwely. Gallwn ei dorri... a gallwn... Rydw i'n edrych ar fy ngarddwrn. Gallwn ddianc... peidio wynebu dim. Fe allwn i wneud hynny… Rydw i'n gafael yn y gwydr a'i wasgu rhwng fy nwylo. Gallwn ddianc… gallwn… ac mae'r gwydr yn disgyn i'r llawr, yn deilchion. Mae'r darnau fel sêr ar y llawr, yn gwenu arna i. Gallwn… gallwn… Rydw i'n cyffwrdd y gwydr ar du mewn fy ngarddwrn… mae'n oer…

Ac yna, o waelod isaf fy mod, daw'r gair 'OND'… a chyda'r 'ond' hwnnw rydw i'n sylweddoli 'mod i eisiau byw, a bod yn rhaid wynebu pethau.

BEN

A heno, dydw i ddim yn siŵr a ydw i eisiau bod yma. Rydw i'n meddwl am ennyd. Dim ond chwerthin maen nhw. Chwerthin, sibrwd, pwyntio. Dyna i gyd. Ond mae hynny, bob dydd – y pwyntio, y sibrwd – wedi bwyta popeth y tu mewn i mi.

Merch y *cello* – hi ddechreuodd pethau. Beth wnes i iddi? Mae fy mhen yn llawn gwydr toredig ac mae anwybyddu'r boen yn anodd. Ond rydw i'n trio. Ac rydw i eisiau diflannu.

*

HAWYS

Rydw i'n gweld y bachgen ym mhen pellaf y coridor.

"*Go on*! Yli be sgin i," medd Kelly, a'r botel wydr yn ei llaw. "Tafla fo."

"Ie, *go on*, Hawys!" mae'r merched eraill yn ategu. Fe allai hyn ei frifo go iawn. Potel wydr...

"Hei, *loser*!" medd rhywun arall, a'r gweiddi'n codi.

BEN

Mae hi a'i ffrindiau o 'mlaen i. Rydw i'n syllu arni, a'r anadl yn fyr yn fy mrest.

HAWYS

Rydw i'n syllu arno. Mae'r merched yn fy ngwthio, maen nhw'n gweiddi. Maen nhw'n disgwyl i mi wneud hyn. Mae pobol eraill yn cyrraedd, yn synhwyro drama, ac yn dechrau gweiddi wrth weld y bachgen a minnau'n syllu ar ein gilydd.

BEN

Mae'r gweiddi'n mynd yn uwch ac yn uwch.
  "*Go on*, Hawys!"

HAWYS

Syllaf arno, y chwys yn diferu, a'r botel wydr
yn dynn yng nghledr fy llaw. Fel neithiwr.
  "Hawys! Hawys!"

BEN

Rydw i'n ceisio peidio meddwl am hyn, a
cheisiaf ddiflannu yn fy mhen fy hun.

HAWYS

Rydw i'n llonydd.

BEN

Rydw i'n syllu arni.

HAWYS

Rydw i'n methu symud am eiliad. Yna…
  oherwydd i mi neithiwr feddwl am ladd fy
hun…

oherwydd i mi neithiwr benderfynu bod gormod i fyw er ei fwyn...

ac oherwydd 'mod i neithiwr wedi penderfynu ceisio gwella...

ac oherwydd bod gwella yn golygu dechrau rŵan...

rydw i'n gafael yn y rhithyn olaf o ddewrder sydd ynof – pluen fechan sydd bron â phydru – ac rydw i'n gafael ynddo ac yn ei wasgu i waelod fy stumog.

Er ei fwyn o, ac er fy mwyn i, cerddaf tuag ato.

BEN

Mae hi'n cerdded tuag ata i ac yn agor ei breichiau ac yn gafael amdana i'n dynn, dynn.

"Sori," medd hi.

Ac mae pawb yn tawelu. Pawb.

Dydi bwli ddim i fod i gofleidio'r un mae'n ei fwlio.

HAWYS

Mae hi'n dawel yma, ac mae golau'r haul yn hidlo drwy'r gwydr lliw yn y nenfwd.

BEN / HAWYS
"Beth sy'n digwydd yma?"

Daw llais yr athrawes Saesneg i chwalu'r tawelwch. Mae hi'n edrych o'i chwmpas, yn gweld pawb yn syllu, a ni'n dau yn sefyll yno, yn eu canol.

BEN
"Dim byd, Miss," meddaf i.

BEN / HAWYS
"'Nôl i'ch gwersi felly," meddai hi eto.

Ac mae pawb yn diflannu yn araf bach. A does neb ond ni'n dau yn deall beth sydd wedi digwydd.

*

BEN / HAWYS
Fe wnaeth y bwlio stopio ar ar ôl hynny. Mae'n rhaid fod y funud honno rhyngddon ni'n dau wedi golygu rhywbeth i bawb arall hefyd. Rywsut. Pethau digon anwadal ydi pobol weithiau.

*

HAWYS

Rydw i'n dechrau gweld diwedd i'r daith.
Diolch byth.

BEN

Mae'r daith yma wedi dechrau. Diolch byth.
Rydw i'n gwisgo fy nghot a'm sgidiau, ac yn cau
drws fy llofft yn dawel. Agoraf y drws ffrynt a
cherdded allan.

HAWYS

Rydw i'n gobeithio ei fod yn iawn. Rydw i'n
difaru am yr hyn wnes i iddo, ac am yr hyn
wnes i i mi fy hun. Rydw i'n sori. Ac rydw i'n
crio.

BEN

Rydw i'n chwysu, mae 'ngwar i'n wlyb, a
'ngwallt i'n glynu iddo. Ond rydw i'n parhau i
gerdded, a cherdded, a cherdded.

A stopio.

Yno.

Syllaf ar y ffenest, a'i gweld hi'n llonydd yn
ei harddwch pell. Mae hi'n crio. Yn fy myw,

fedra i ddim deall beth i'w wneud. Rydw i'n sefyll yno yn y cysgodion, yn torri 'nghalon.

Gafaelaf mewn carreg fechan, a'i thaflu at ffenest ei hystafell.

Mae hi'n methu.

Rydw i'n trio eto drachefn.

Mae hi'n taro... ac mae'r ferch yn troi.

Mae hi'n edrych. Rydyn ni'n syllu ar ein gilydd.

Mae'r nos yn dywyll, dywyll. Ac rydyn ni'n syllu ar ein gilydd. Am yn hir. Yn wynebu ein gilydd.

Wrth ei gweld hi'n crio, yn syllu arna i, rydw i'n deall pa mor anodd oedd hi i ddweud sori. Rydw i'n deall pa mor anodd ydi ymddiheuro. Ac o'r diwedd, rydw innau'n crio.

Rydyn ni'n dau'n crio.

Mae'r awyr yn dechrau newid ei liw. Codaf fy llaw arni, a gofyn iddi ddod i lawr.

HAWYS
Cerddaf i lawr ato.

*

BEN

"Diolch. Am heddiw."

HAWYS

"Diolch i ti am beidio deud dim byd… Dwi… dwi mor sori… does dim esgus. Ond, dwi wedi bod mor isel, ac roeddet ti mor hapus. Roeddwn i'n unig, ac roeddwn i eisiau i rywun arall fod yn unig. Does 'na ddim esgus… dwi mor sori."

BEN

"Ssshh. Digon rŵan."

Ac wrth ei chysuro mae fy llais yn swnio fel llais fy nhad.

"Be ydi dy enw di?"

HAWYS

"Hawys. Be ydi dy enw di?"

BEN

"Ben. Wela i di fory."

Ac wrth godi llaw arni, mae fy llaw'n edrych fel llaw fy nhad.

RHAN 3

PENNOD 10

BEN

Mae wythnosau'n pasio, ac o dipyn i beth, rydyn ni'n treulio mwy o amser gyda'n gilydd. Mae hi wedi tanio rhywbeth y tu mewn i mi.

HAWYS

Rydw i'n gwella o hyd, ac mae Ben a minnau'n treulio mwy a mwy o amser gyda'n gilydd. Mae'n tawelu pethau y tu mewn i mi.

BEN

Heno, eto, rydw i'n gorwedd yn fy ngwely yn effro, yn meddwl pa mor ddewr y bu hi yn wynebu ei hofnau y diwrnod hwnnw. Mor ddewr y bu hi i wynebu bai. I'w hwynebu ei hunan, a'r popeth a oedd yn ei phoeni, a'r popeth oedd wedi ei gyrru i fihafio fel hyn. Dyna ydi sori. Mae'n rhaid wynebu'r pethau sy'n ein troi'n gas, a phenderfynu delio â hynny. Rydw i'n eistedd ar sil y ffenest, fel yr arferai fy mrawd bach ei wneud, ac rydw i'n syllu ar yr hyn rydw i wedi bod yn ei ofni cyhyd, wedi bod yn ei anwybyddu cyhyd. Nid y nos, ond fy adlewyrchiad i ar ganfas y nos. Mor debyg ydw i i 'nhad… ac fel y dylwn i fod wedi dweud sori wrtho… ers blynyddoedd… a wynebu pethau.

HAWYS
Rydw i'n gorwedd yn fy ngwely, a chlywaf Mam a Dad yn chwerthin lawr grisiau, ac rydw i'n teimlo'n gynnes. Mae fy llygaid yn cau, ac rydw i'n cysgu.

*

BEN
Wrth i'r bore bach droi'r nos yn baent oren a choch a melyn, rydw i'n meddwl. Ac erbyn i'r awyr droi'n las, rydw i wedi gwneud penderfyniad.

HAWYS

Mae Ben yn cerdded yn benderfynol tuag ata i ar hyd coridor yr ysgol.

BEN

"Ddoi di hefo fi i weld fy nhad? Dwi … dwi heb siarad hefo fo ers pum mlynedd. Fy mai i… dwi angen deud sori… ddoi di hefo fi?"

HAWYS

"Iawn."

*

BEN

Mae Hawys a minnau'n cyfarfod yn yr arhosfan bysiau. Mae'r cyfeiriad yn saff yn fy mhoced. Fe ddywedodd Mam ei bod hi'n browd ohona i. Mae fy meddwl yn troi'n ôl at y noson honno, pan ddaethon ni adre a gweld pethau Dad i gyd ar y bwrdd. Ac roedd Mam yn hollol dawel. Roedd Dad yn crio. Rydw i'n edrych ar fy nwylo ac yn cofio fel y gwnes i ei daro'n galed yn ei wyneb, ac yntau'n sefyll yno heb ddweud dim, a Mam yn rhoi cerydd i mi, gan ddweud nad bai Dad oedd hyn. Doedd Mam a Dad ddim yn caru ei gilydd ddim mwy. Ond roeddwn i'n casáu Dad oherwydd fo oedd yn gadael. Ac roeddwn i'n fy nghasáu fy hun am deimlo felly, a'r unig ffordd o ddod dros hynny oedd casáu Dad hyd yn oed yn fwy. Dydw i heb siarad hefo Dad ers pum mlynedd. Er ei fod o wedi trio ganwaith. Heddiw fydd y tro cyntaf i mi drio.

HAWYS

Gafaelaf am Ben. Rydw i'n gwybod y bydd popeth yn iawn.

BEN

Mae'r bws yn cyrraedd, ac rydyn ni'n dau'n camu i ffwrdd. Mae Hawys yn cerdded i'r caffi ar gornel y stryd lle mae Dad yn byw. Rhaid i mi wneud rhan olaf y daith ar fy mhen fy hun. Gafaelaf yn dynn yn y rhithyn olaf o ddewrder sydd y tu mewn i mi – fel pluen wen – a'i roi yng ngwaelod fy stumog. Er ei fwyn o, ac er fy mwyn i, rydw i'n cerdded tuag ato.

Fe wnaeth Dad faddau yn syth.

*

BEN / HAWYS
Ar y ffordd adre rydyn ni'n deall ein gilydd yn
well nag erioed. Does dim angen dweud gair.

BEN
Dau gyfaill.

HAWYS
Ffrind fel na chefais i erioed o'r blaen.

BEN
Rydyn ni'n dau 'run peth yn y bôn.

BEN
Rydyn ni'n dau 'run peth yn y bôn.

*

BEN
Rydw i'n hoffi mynd â hi i wneud lluniau
hefo'r sêr. Yn ôl Arwel, dydi "bachgen mawr
pump oed" ddim yn gwneud lluniau hefo'r sêr

bellach. Rydw i'n mynd â Hawys i'r traeth ac yn gorwedd yno yn edrych ar y ffurfafen.

Ni'n dau.

HAWYS
Rydw i'n dysgu iddo chwarae'r gitâr. Mae'r *cello* wedi cael hoe am sbel ers i mi ddweud wrth Mam a Dad 'mod i eisiau newid bach. Ers i mi allu siarad hefo nhw. Mae Ben a minnau'n eistedd ar fy ngwely yn chwarae miwsig.

Ni'n dau.

BEN
Mae pethau'n well adre. Rydyn ni'n gallu siarad eto.

HAWYS
Mae pethau'n well adre. Rydyn ni'n gallu siarad eto.

*

BEN / HAWYS
Rydyn ni'n dau'n siarad o hyd.

*

HAWYS
Fe ddaeth yr arholiadau.

HAWYS / BEN
Ac fe fuon ni'n gefn i'n gilydd.

BEN
Mae'r canlyniadau fory.

*

HAWYS
Heno, rydw i'n methu cysgu eto.
    Mae'r ystafell yn dawel ac yn dywyll. Ond yn gynnes – a'r haf yn llenwi aer y nos.

BEN
Er bod ei hystafell yn dywyll, rydw i'n gwybod ei bod hi'n effro. Rydw i'n codi llond llaw o gerrig oddi ar y llawr. Rhai bychan bach.

HAWYS
Mae 'na ryw sŵn yn erbyn fy ffenest. Fel cenllysg ganol haf, neu gawod o sêr. Rydw i'n

gwybod yn iawn pwy sydd yno. Rydw i'n codi i edrych, ac mae Ben yno, yn gwenu, a smôc yn ei law.

Rydw i'n gwasgu fy sgidiau am fy nhraed, rhoi cot dros fy mhyjamas ac yn gafael yn y goriad. Camaf allan i aer y nos.

BEN

"Ro'n i'n gwybod y byddet ti'n effro."

Mae hi'n gwenu arna i.

Rydyn ni'n dau yn eistedd ar stepen y drws ffrynt yn edrych ar y byd yng ngolau lamp y stryd.

Rydyn ni'n siarad cymaint fel ein bod ni'n mynd yn sychedig.

HAWYS

Rydw i'n gwneud paned i ni'n dau a chamu 'nôl allan i'r nos.

Rydyn ni'n yfed ac yn siarad.

Ac rydw i'n teimlo'n gysglyd.

BEN

Rydw i'n teimlo'n gysglyd.

HAWYS / BEN

Ac rydyn ni'n dau'n syrthio i gysgu ar garreg
y drws. Fel cymeriadau Dylan Thomas dan y
sêr.

PENNOD 11

HAWYS

Heddiw, ar gampws y brifysgol, mae fy meddwl i'n crwydro'n ôl at Ben. Rydw i'n meddwl amdano o dro i dro, yn meddwl tybed ble mae o. Wrth eistedd dan ryw goeden ac edrych ar las yr awyr – y glas hwnnw – rydw i'n meddwl amdano.

BEN

Weithiau, pan fydda i yn fy oriel luniau, mae llun yn cyrraedd sy'n fy atgoffa i o Hawys. Fel y llun *cello* gyrhaeddodd heddiw. Rydw i'n meddwl am Hawys, ac yn ei cholli hi.

HAWYS

Rydw i'n rhyfeddu at agosatrwydd dau berson – sut mae'r byd yn gallu eu gwthio at ei gilydd am gyfnod yn eu bywydau, a sut mae'r edafedd hwnnw'n rhyddhau ohono'i hun.

BEN

Rydw i'n gwenu wrth feddwl ei bod hi yn y byd, er nad ydyn ni ond yn gweld ein gilydd dros y Nadolig pan fydd y ddau ohonom adre. Ond, weithiau, mae rhywun yn eich newid chi mewn ffordd sy'n eich siapio chi am byth. Boed nhw yno neu ddim. Mae'r newid hwnnw'n ddigon.

*

Ac am y newid hwnnw...

Gwyddai Ben faint o effaith a gafodd 'dwi'n sori' Hawys arno. Fe'i galluogodd i ymddiheuro i'w dad.

Ychydig a wyddai Ben, fodd bynnag, faint o effaith a gafodd ei 'dwi'n sori' o ar ei dad. Fe gododd yr ymddiheuriad fil o ganghennau tywyll o'i feddwl.

A theimlodd ei dad yn well, a sylweddoli ei fod yntau, yn ei iselder, wedi bod yn flin ac yn oriog efo ffrind. A llwyddodd i ymddiheuro iddo.

Ymddiheurodd ei ffrind i'w wraig ac aeth y 'sori' cyntaf hwnnw ymlaen.

O dipyn i beth, cafodd yr ymddiheuriad ei basio o berson i berson i berson, fel petai'r sêr yn sibrwd wrth ei gilydd.

Wrth dderbyn ymddiheuriad, roedd pob enaid yn teimlo'n well, ac eisiau bod yn fwy caredig wrth bobol eraill, ac roedd y caredigrwydd hwnnw'n cael ei rannu rhwng eneidiau yn dawel bach.

Ychydig a wyddai Hawys fod ei 'dwi'n sori' cyntaf hi wedi pasio trwy gymaint o ddwylo. Ychydig a wyddai ei fod yn parhau i gael ei basio drwy ddwylo eraill y foment hon. Ac mae 'dwi'n sori' yn gallu newid popeth.

O'i ddweud o'r galon.

*

BEN
Rydw i'n cofio gwylio rhaglen ddogfen hefo Hawys am y bydysawd, a'r cyflwynydd yn dweud bod darnau o'r sêr yn ein hesgyrn ni. Ers y dechrau'n deg. Ers y *big bang*. Mae'r

un calsiwm yn y sêr ag sydd yn ein hesgyrn ni.

Mae fy meddwl i'n dychwelyd i'r ysgol am ennyd. Rydw i'n gwenu.

HAWYS
Rydyn ni i gyd 'run peth yn y bôn.

BEN
Rydyn ni i gyd 'run peth yn y bôn.

EPILOG

Ni'n dau. Dyna i gyd.

Pentre Saith

Ceri Elen

'Nofel ffres, llawn dychymyg gan awdur sydd wrth ei
bodd â sŵn geiriau a rhythm brawddegau.' Bethan Mair

y Lolfa

£5.95

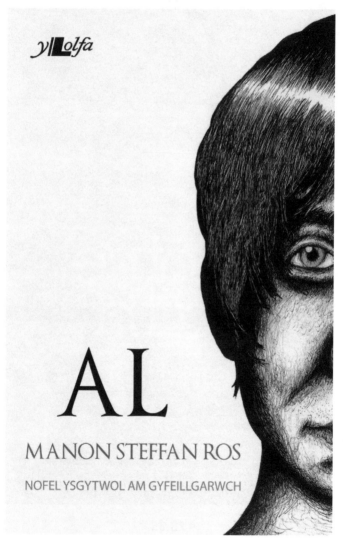

AL

MANON STEFFAN ROS

NOFEL YSGYTWOL AM GYFEILLGARWCH

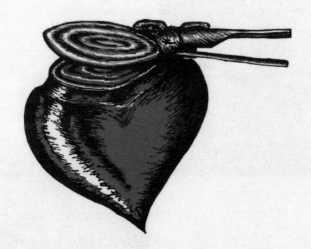

LLANAST

GWEN LASARUS

NOFEL GELFYDD AM LWYBRAU DAU'N CWRDD

Cyfres o 5 drama Cyfres Copa
£2.95 yr un

GŴYL!
PETER DAVIES

DRAMA AM GYFEILLGARWCH
SY'N CAEL EI WTHIO I'R EITHAF

HAP A...
RHIAN STAPLES

DRAMA GIGNOETH, DIWEDDGLO TRASIG

GWASTRAFF
CATRIN JONES HUGHES

DRAMA GALED, YN LLAWN DIRGELWCH

Am restr gyflawn o lyfrau'r Lolfa, mynnwch
gopi am ddim o'n catalog
neu hwyliwch i mewn i'n gwefan

www.ylolfa.com

lle gallwch archebu llyfrau ar-lein.

TALYBONT CEREDIGION CYMRU SY24 5HE
ebost ylolfa@ylolfa.com
gwefan www.ylolfa.com
ffôn 01970 832 304
ffacs 832 782